KB107367

이시환 신작시집

세상 한 바퀴 돌아 나오며

새로운 세상의 숲
신세림출판사

이시환 신작시집

세상 한 바퀴 돌아 나오며

자서自序

평생 시를 써왔다 해도 틀리지 않는다마는 갈수록 시에 관해 자신이 없다. 현재의 내 얼굴 모습이 지금껏 살아온 내 삶의 이력서가 되듯이, 시집은 그동안 지녀왔던 내 관심과 가치관이 녹아든 정신적 시유세계의 미적 편린(片鱗)이다. 따라서 나의 일기(日記)나 다름없고, 궁극적으로는 내가 꿈꾸는 이상세계이자 내가 안주해온 현실도피처이기도 하다.

이 시집 속에는, 102편의 소품이 7부로 나뉘어 실려있는데 이전의 것들과 달라진 점이 있다면, 문장 구조와 내용 면에서 노랫말에 좀 더 가까워져 있고, 주역(周易)에 몰두한 3년이란 시간이 지나감으로써 그 관련 키워드들이 직간접으로 시어(詩語)로 편입되었다는 점이다. 그러나 여전히 변하지 않고 그대로 남아있는 것이 있다면, 그것은 내 생각과 내 감정을 문장으로써 언어의 집을 지어 놓고, 다들 들어와서 쉬며 상상 사유해 보기를 기대하며, 세상에 내놓는 나의 보잘것없는 '상품'이라는 점이다. 따라서 공감(共感)·공유(共有)되지 못한다면 그것들은 한낱 버려지는 쓰레기에 지나지 않을 것이다.

이런 의미에서 본다면, 시를 쓰는 행위가 조심스럽고, 시집을 펴내는 일이 또한 더욱 두려워진다. 누군가가 높은 곳에서 나의 시 텃밭[詩田]을 내려다본다면 아마도, 박혀 있는 세 개의 큰 기둥을 발견할 것이다. 그 하나는, 변함없는 대자연의 질서에 기대어 살면서 찬미하는 것이고, 그 다른 하나는 자신이 걸어온 발자국을 돌아다보며 앞으로 나아갈 길을 생각하는 지점에 머물러있다는 점이며, 또 다른 하나는 삶의 본질이랄까, 그 의미랄까, 그것을 추구하는 동력이 다름 아닌 '그리움'과 '꿈'에 있다는 사실이다.

이를 굳이, 키워드로 바꾸어 말하면, 자연, 그리고 삶의 주체인 나, 그리고 생명의 본질이라는 세 가지로 압축될 것 같다. 그래서 자연의 질서나 아름다움을 찬미하고, 내 삶의 의미를 생각해 보는 시들이 많고, 불면(不眠)과 과욕, 자연 및 인간 재해 등으로 표상되는 일상의 고단함과 피로에도 불구하고 더욱 살고자 하는 의욕을 내게 하는 것이 미래에 대한 꿈이고, 지난 일에 대한 그리움이라는 의미에서 소소한 일상(日常)을 노래한 시들이 많다.

이런 촌평은 어디까지나 시를 쓴 사람의 해명(解明)일 뿐이고, 독자 여러분은 각자의 안목으로 소인의 소품들을 완상(玩賞)·완미(玩味)해 주기를 바라마지 않는다. 나의 이런 시 쓰기도 머지않아 멈출 것이고, 동시에 나 자신도 없었던 듯 사라질 것이다.

그동안 내가 구축한 '시'라는 언어의 집이 얼마나 쓸만한 것인지 머지않아 '詩全集'으로써 평가받고 싶은 욕구도 없지 않다.

-2023. 09. 21.

이 시 환

제1부

제2부

제3부

제4부

제5부

제6부

제7부

제 1 부

길 위에 서 있는 나/갈림길에서/이별/내 마음/갈대밭 둥지/세상 한 바퀴 돌아 나오며

처녀치마꽃/각시붓꽃/동백꽃/커피 중독/거연정(居然亭)의 봄

농월정(弄月亭)에서 하룻밤을/아침 풍경/꽃을 바라보며

이심전심/난 한 촉이 솟는다/꺼지지 않은 등불/뜬눈으로 날을 새며

길 위에 서 있는 나

지금 이 순간,
여기 이곳에 서 있지 아니하면
결코, 볼 수 없고, 들을 수 없으며,
느낄 수 없고, 가슴 설레는 일 또한 없으리라.

지금 이 순간,
여기 이곳에 서 있지 아니하면
어떻게, 볼 수 있으며, 들을 수 있고,
느낄 수 있으며, 가슴 두근거리는 일 있겠는가.

지금 이 순간,
서 있는 여기 이곳이야말로
언제나 숨 쉬게 하고, 새로운 곳을 꿈꾸게 하는
시발점이자 종착지 되네.

-2021. 05. 04.

갈림길에서

나에게
묻지 말아요.

그리움은
당신 뒤에 있고,

꿈은
당신 앞에 있어요.

앞으로 가든
뒤로 가시든

당신에게
물어봐요.

가다 보면
가시다 보면

꼭 앞에 있는 것도
꼭 뒤에 있는 것도 아님을

길이 말해요
그 길이 말해요.

-2021. 12. 15.

---

* 이 작품은 정덕기 작곡가님께서 곡을 붙이셨습니다.

이별

떠나가는 이도
남아있는 이도

뒷모습 허전하고
쓸쓸하기는 마찬가지

떠나가는 사람은
남아있는 이 걱정하고

남아있는 사람은
떠나는 이 염려하네

살다 보면 잊히어질까?
눈물 애써 감추지만

살다 보면 잊히어질까?
돌아서는 발걸음 떨어지지 않네

-2023. 07. 09.

---

* 이 작품은 이상익 작곡가님께서 곡을 붙이셨습니다.

내 마음

그리운 것은 멀리 있고
미운 것들은 늘 가까이 있네

여기 이곳에 머물면
저기 저곳이 그립고

저기 저곳에 있을 땐
여기 이곳이 그리워지는

이 변덕스러운 마음이야,
이곳을 벗어나 저곳을 꿈꾸는

무지개 아니겠는가.
꿈을 좇는 그리움 아니겠는가.

–2023. 07. 29.

---

* 이 작품은 이상익 작곡가님께서 곡을 붙이셨습니다.

갈대밭 둥지

임진강 하류 무성한 갈대밭에
태풍이 불어오자 갈대, 파도 타듯 쓸리다가
다시 일어서며 속을 드러내 보인다.

갈대 줄기 두 개를 기둥 삼아 지은 둥지
그 속에서는 작은 어미 새가 알을 품고 있다.
아슬아슬 빛나는 지혜의 기적이다.

하나가 아니라 둘이 힘을 보태니
흔들리더라도 작게 흔들리고 쉬이 쓰러지지 않아
능히 저들의 생명을 지켜낸다.

-2023. 08. 17.

세상 한 바퀴 돌아 나오며

세상 한 바퀴 돌아 나오며
걸어온 길 되돌아보니
부끄러움과 아쉬움뿐이네.

내가 낳은 자식 장성하여 결혼할 무렵
나를 낳은 부모님 다 돌아가시고,
아들이 낳은 자식 결혼할 때가 되면
나도 이 세상에 없거나
있어도 있는 게 아닐지 몰라.

세상 한 바퀴 더 돌며
다시 살아볼 기회 주어진다면
이 순간의 깨달음처럼
후회 없이 미련 없이 살겠다만
삶이란 누구나 딱 한 번으로 족하다네.

아하, 한 번이기에 그 의미 깊고,
만인이 비로소 공평해진다오.

–2023. 03. 13.

처녀치마꽃

누군가가 불쑥 내 옷자락을 잡아끌어서 돌아보니, 뜨거운 얼굴이 후끈 먼저 안긴다. 그게 바로 너였구나. 낯선 네가 막 핏덩이를 쏟아놓았구나. 사방의 습하고 어두운 냉기를 끌어모아 크지 않은 몸 안에 가두어 놓고서 엄동설한 견디어내더니 비로소 각혈하듯 내뿜어 버렸구나. 똘똘 뭉쳐지고 다져진, 천지의 기운을 마침내 풀어내었구나. 정녕, 봄이 되었기에 꽃을 피운 게 아니라 꽃을 피워서 봄의 방석을 폍쳤구나. 어둡고 칙칙한 세상 한 구석을 이리도 밝고 뜨겁게 녹여내는구나. 그런 너를 만나고서야 나는 무거운 외투를 벗어 던질 수 있었다.

–2021. 04. 28.

---

* 2021년 04월 04일 국립공원 북한산 대성문에서 대성암으로 내려가는 길에 있는, 작은 물길을 건너기 직전에 춥고 어둡고 습한 곳에 무리 지어 피어있는 처녀치마꽃을 처음 본 순간, 그 첫인상을 잊을 수 없어 습작하였다.

각시붓꽃

화사한 치마를 입고
산책 나온 젊은 아씨

따뜻한 봄 햇살 속에서
그 걸음걸이가 가볍구나.

이따금 산들바람 부니
연못의 물고기도 춤을 추고,

저 노목(老木)의 가지 끝에서도
연초록 새잎들이 돋아나네.

-2021. 04. 28.

동백꽃

얼마나 멀고 먼 길 달려와
여기 이곳에 붉은 꽃 피우시나?

얼마나 먼 길을 돌고 돌아서
저기 저곳에서 애틋한 미소 지으시나?

꽃이 진 자리마다 둥근 햇살 머물고
미소 떠난 자리마다 실바람 불어와

산천에 붉은 마음 가득 쏟아놓고
알알이 여문 사랑 그 빛깔이 곱다.

–2023. 01. 23.

---

* 이 작품은 이상익 작곡가님께서 곡을 붙이셨습니다.

커피 중독

잠자는 오감을 흔들어 깨우고
게으른 이 몸에 채찍을 가하는
수중궁궐의 검은 마왕이여,

온몸을 휘감는 유혹의 손길
심장은 두근두근 머릿속은 초롱초롱
밤새도록 천하의 광야를 누비네.

어제는 그렇게 여우비 뿌리더니
오늘은 이렇게 눈보라 치는구나.
이래저래 난, 네 덫에 갇힌 포로(捕虜).

–2021. 12. 23.

거연정(居然亭)의 봄

거연정에 올라
잠시 가부좌 트니

물길 벼랑 바위틈에
작은 진달래꽃 눈에 들고

흐르는 물소리
산들바람조차 멋어

화림동(花林洞) 계곡 적막강산에 널린
돌덩이들이 부화(孵化)하려는 듯

포근한 햇살 속에서
꼼지락거리네.

-2023. 04. 25.

* 居然亭 : 옛 安義 3洞(①安義 계곡으로 불리는 花林洞 ②용추계곡으로 불리는 尋眞洞 ③거창군 위천면 수승대 계곡)으로 통하는 猿鶴洞 가운데 하나인 화림동 계곡에 있는, 지금의 경상남도 함양군 서하면 봉전리에 있는 조선 중기 동지중추부사 '전시서(全時敍)'가 1640년에 건립한 누정(樓亭). 시도유형문화재 제433호로 지정되었으며, 주변의 산과 계곡의 바위와 물길과 소나무 등이 어우러져 경치가 좋다. 옛 선비들의 풍류를 엿볼 수 있는 건축물 가운데 하나이다.

농월정(弄月亭)에서 하룻밤을

구구절절 사연 들어주던
너그러운 벗도 떠나가고

소쩍새 울음마저
뚝 그치었구나.

옜다, 모르겠다.
너도 한 잔, 나도 한 잔!

주거니 받거니
저 달과 함께 횡설수설

먼동이 트는 아침
아무 일도 없었던 듯

너럭바위 위를 내달리는
물길만이 세차다.

–2023. 04. 25.

---

* 弄月亭 : 조선 선조 예조참판과 관찰사를 지낸 지족당 박명부가 정계에서 물러난 후 고향에 돌아와 지은 것으로, 몇 차례 중건을 거쳐 1899년 완성되었다. 2003년 방화로 추정되는 불이 나 전체가 다 소실(불에 타 없어짐)되어 한때 누각 없이 바위만 덩그러니 있었던 시기도 있었다. 그러나 현재는 재건되어 있다. 경남 함양군 안의면 농월정길 9-13.

아침 풍경

내 불면(不眠) 위로 비가 내린다.
푸석푸석 먼지가 날리더니
이내 촉촉이 젖어 든다.

들뜬 내 마음도 젖어 들어
찻잎처럼 소리 없이 가라앉는다.
맑아지는 유리창 밖 하늘

바닥에 떨어진 꽃잎 같은
어둠의 껍질을 밟으며 걸어오는
맨발의 아침, 그 눈빛이 고요하다.

-2023. 05. 05.

꽃을 바라보며

거친 숨결일랑 마저, 가라앉혀야
끓인 물 부드러워지면서
차향(茶香)이 살아난다.

마시는 차 한 잔이 그러할진대
내 마음에 불길 같은 티끌, 잠재워야
나의 향기도 피어나리라.

알고 보면 세상의 크고 작은 꽃들도
저마다 제 불길 다스리어
이 빛깔 저 자태 드러내는 것이리라.

-2023. 05. 05.

이심전심

꽃잎이 너무 붉어
내가 슬픈 것이냐?

내 슬픔에 잠겨서
네가 더욱 붉은 것이냐?

일편단심 그 간절함 알겠다만
내가 슬퍼지는 까닭은 무엇인가?

네 불길처럼 내가 살지 못했음일까?
나를 빼닮은 너를 이곳 이역만리(에서) 대면함일까?

꽃잎이 너무 붉어
나는, 지금, 슬프다.

–2021. 12. 17.

난 한 촉이 솟는다

시끄러운 세상 속 버려진 화분에서
뾰쪽한 창(槍)처럼 난 한 촉이 솟는다

번잡한 세상 뒤로하고 아침 햇살 받으며
웅장한 성채처럼 솟아오른다

천하의 어둠 찢으며 뻗는 한 줄기 빛
두꺼운 껍질 뚫고 나오는 거룩한 생명

세상 그 좁은 틈에서 솟는 말씀이로다
세상 그 귀퉁이에서 솟는 소망이로다

-2021. 12. 23.

꺼지지 않은 등불

이 땅에 어둠 밝히기 위해
집, 집마다 내건 등불

간밤에 몰아친 비바람으로
하나둘 다 꺼져버렸는데

오직 하나 꺼지지 않은
작고 초라한 등불

간절함이 지극한,
가난한 과부의 집이라네

모두가 잠든
칠흑 같은 어둠 속에서

저 홀로 깨어 있는
등불 하나의 빛이여, 간절함이여,
-2023. 03. 09.

뜬눈으로 날을 새며

다시 도진 불면의 머리카락
길게 자라나던 간밤에도

두더지 몇 마리 숨어들어
나의 텃밭 이곳저곳을 파헤쳤구나.

보리수 한 그루 제법 우람하고,
周 나라 낡은 시계가 더디게 돌아가는

나의 동산 이곳저곳에 흩어진
꽃잎들이 때아닌 바람에 흩날린다.

유난히 붉은 아침노을 속으로
날아가는 까마귀 한 마리.

-2022. 11. 30.

제 2 부

이시환 사계

봄

고목에도 새순 돋아나고
가지 끝에 꽃송이 피어나는
봄이여, 천지 간에 오시는가.

연못에 산들바람 불어오니
물고기도 즐거워 춤을 추고
아이들 발걸음도 가볍구나.

사람 사이 약속은 깨어져도
오고 가는 봄날 어김없으니
그 믿음 그 기쁨 한량없네.

여름

돌연, 먹구름 몰려오고
천둥 번개 요란하게 진동하니

놀란 새 낮게 낮게 날아들고
만물은 물러앉아 숨죽이네.

한바탕 쏟아지는 뇌우
큰 물길 이루어 산천을 적시니

한숨 돌리는 초목 생기 돌고
맑게 갠 하늘이 웃음 짓네.

가을

중천에 뜬 태양
어느덧 서산에 걸리고

크고 작은 열매들
때깔이 향기를 품으니

다람쥐 청설모 분주하고
쌀쌀한 기운 성큼성큼 다가오네.

내 가을걷인 무엇이며,
내 빛깔 내 향기 어떠한가.

겨울

평생 볼 수 있는 하얀 눈
깜짝 선물인 양 하룻밤 새 다 보았네.

꿈틀대는 것도 없고 시간도 멎은
적막 속에 갇힌 나 보았네.

평생 걸어온 길도
남겨진 발자국도 다 지워져 버린

눈 덮인 세상을 바라본다.
눈 덮인 침묵을 바라본다.

이 순간 옳고 그름, 가린 들 무엇하며
길고 짧음, 잰다 한들 무엇하리오.

-2023. 02. 27.

오후의 노래(午後歌)

오르는 산길은 더디고 힘들지만
정상에 서는 순간 쾌감이 다 덮어준다.

그러나 산정에 머무는 시간은 짧고
더는 오를 수도 없어 돌아서야 하느니

내려가는 길은 상대적으로 빠르고 쉽지만
체력이 이미 소모된 터라 방심은 금물.

일평생 살아가는 일이 저와 똑같아
오를 수 있는 만큼 올랐다가 내려가는데

오전보다 오후 시간은 짧고
세파에 시달린 몸인지라 신경 쓸 일도 많다.

허허, 어느새 내리막길도 반쯤은 접어들었는데
그 끝 지점이 어른, 어른거리네.

–2023. 02. 02.

나의 꽃 나의 열매

봄날의 산벚꽃 벌 나비 부르고
가을날 잣나무 청설모 부르는데
나는야 무엇으로 누구 마음 사는가.

나의 꽃, 분홍일까, 노랑일까, 보라일까.
나의 열매, 단단할까, 무를까, 달콤할까.
산다고 살았건만 내세울 것 하나 없네.

쓸쓸하다, 지친 이 몸 허전하다, 이 내 마음
지금까지 걸어온 길 돌아보면 아득하다만
그래도 해야 할 일 아직 남아있는 게 어디냐!
그래도 가야 할 길 아직 남아있는 게 어디냐!

-2023. 03. 02.

나의 우물

평생 한 우물을 팠다.
먹고 마실 물을 얻기 위해서였을까.
내가 조성한 우물은
지금껏 이 한 몸을 지켜 주었다만
과연, 이웃 사람들에게는 무엇이었을까?

그동안 내 우물 주변은 청결했던가?
변함없는, 그 물은 맑고 깨끗했으며,
무더운 여름에는 시원하고,
추운 겨울에는 온기 전해 주었던가?

혹시라도 두레박이 깨어져 새거나
드리우는 그 줄이 짧지는 않았던가?
오며 가며 지나는 이들조차
마음 편하게 목을 적실 수 있었던가?

세상 한 바퀴 돌아 나오며
새삼, 내 우물 속을 들여다보며 다짐하네.

한 모금의 시원한 생수가 되지 못하면
언제든 버려지고 잊힐 터이지만
사는 날까지는 의욕을 내야겠다고.

-2022. 06. 29.

정월 초엿새날 밤에

모처럼 반가운 술벗 넷이 모였는데
하늘의 선물처럼
뜻밖에 함박눈이 펄펄 날린다.

늙은 나도 강아지처럼 꼬리를 흔들며
따뜻하게 데운 술 한 잔
마실 수 있는 주점을 더듬거린다.

여대를 끼고 있는 동네 먹자골목
화려한 조명과 너른 유리창 안으로 보이는
젊은 사람들의 모습이 동화 속같이 아련하다.

질세라, 나도 볶은 메뚜기는 아니다만
참치 속살 한 점에 술 한 잔을 입안에서 굴리는 사이
우리들의 이야기는 만리장성을 쌓는다.

-2023. 01. 07.

보현봉을 그리며

눈이 오나 비가 오나 바람이 부나 한결같은
기세(氣勢) 꺾이지 않는 보현봉이여,

밤이나 낮이나 사시사철 내내
묵언 정진하는 양 미동도, 말씀도, 없으시나

그대를 우러르며 상한 마음 추스르고
새 힘, 새 기운을 받아 나는 살아가나니

그대는 나의 도반(道伴),
나의 거울, 나의 기둥.

시시비비로 요동치는 세상 끌어안고도 고요한,
보면 볼수록 경이로운 세계 일미(一味)로다.

–2023. 03. 30.

*보현봉 :
국립공원「북한산」내 남서쪽에 있는 해발고도 714미터 봉우리로 대남문에서 바라볼 때 대남문 밖 왼편에 있다. 정상부는 바위로 되어있고, 북서쪽은 가파르고, 남동쪽은 상대적으로 완만하다. 바람이 많고, 기온이 낮아 정상부에는 봄꽃들이 10~20일 정도 늦게 피고, 잡목들의 키도 작다.

구기계곡을 따라 올라올 때 대남문을 바라보면 왼편에 문수봉이, 오른편에 보현봉이 있는데, 아마도 불교 관련 식자가 봉우리 이름을 처음 붙인 것으로 판단된다. 불교에서 보현보살과 문수보살은 비로자나불의 협시불로서 비로자나불 좌우에서 보좌하기 때문이다.

현재, 보현봉은 입산 금지된 곳이며, 그곳 地氣가 아주 세게 느껴지는 곳으로, 지금도 기도하는 사람들이 철야 또는 새벽기도를 하기도 한다. 문수봉 밑에 '문수사'가 있고, 보현봉 밑에 '일선사'가 있다.

노란 튤립 한 송이

노란 튤립 한 송이
티 한 점 없이 깨끗하게 솟아올라
따뜻한 봄 햇살 받으며 투명해져서
몸 안에 숨죽인 파도까지
훤히 드러나 보이네.

조금만 더 달아오르면
아슬아슬한 긴장 깨어져 버릴 것 같은,
조금만 더 차오르면
균형 잃고 쏟아져버릴 것만 같은
그대와 눈 마주치는 순간,
당황하며 중얼거리네.

"그래, 그래. 사람도 살아있는 동안은 자기 색깔을 선명하게 드러내야 하리. 모름지기, 노랑이면 노랑, 빨강이면 빨강, 보라면 보라로써 말이다. 그래야, 하룻밤 꿈을 꾸며 빠져 죽더라도 이 몸 던질 수 있고, 또 죽을 때 죽을망정 하나 되리라."

황사 가득한, 어느 봄날,

세상 모퉁이에서 노란 튤립 한 송이가

나를 그렇게 그렇게 유혹하네.

아니, 아니, 노란 튤립 한 송이가

그렇게 나를, 나를 일깨우네.

-2023. 04. 12.

소나무

커다란 돌 틈에 뿌리 내린 소나무여,
이 모진 칼바람 견딜 만하신가?
조금만 조금만 더 견디어내면
함박눈 내려 감싸주리라.

가파른 돌 틈에 뿌리 내린 소나무여,
이 지독한 폭염(暴炎) 견딜 만하신가?
조금만 조금만 더 견디어내면
장대비 쏟아져 그대 갈증 풀어주리라

오늘의 시련, 이 고통이야
그대를 더욱 단단하게 하고
더욱 푸르게 푸르게 하는구나.
단단한 돌 틈에 뿌리 내린 소나무여,

사시사철 푸른 그대 바라보며
사시사철 옹골찬 그대 바라보며
나는, 위로 아닌 위로 받으며

힘과 용기 얻는구나.

-2023. 03. 17.

세상의 꽃

예쁘지 않은 꽃이 어디 있으랴.
꽃이란 꽃은 다 예쁘다.
자세히 들여다보면 볼수록 그 묘미 깊다.

큰 것은 큰 것대로, 작은 것은 작은 것대로
화려한 것은 화려한 대로, 소박한 것은 소박한 대로
그 꿈과 그 마음의 결이 다 드러나 보인다.

세상 어디에 있든 예쁘지 않은 꽃은 없다.
자세히 들여다보면 볼수록 저마다 은밀하고
그 은밀함 속에는 가지런함이 숨 쉬고 있다.

여기까지 오느라고 험난했던
길 위의 꽃일수록 그 빛깔 더욱 선명하고,
그 향(香) 멀리까지 여울져간다.

세상 길 위에 머물러있는 것들은
꽃 아닌 게 없다.

–2021. 05. 16.

그리운 그곳

추운 겨울이 먼저 찾아오고
봄조차 더디게 오는 그곳, 그곳이 그립다.
여름이야 있는 둥 없는 둥 지나가 버리는
그곳에 바람은 또 얼마나 거친지
살아 숨 쉬는 생명마다 쓰디쓴 피가 흐른다.

커다란 바위 위에 올려진 돌과 돌에서도
척박한 토양 그 모서리에서도
그곳에 뿌리내린 초목들의 왜소한 몸에서도
진한 피가 흐른다.

멀리서 바라보아도 언제나 그대로인
장엄한 암봉(巖峯)이 신기하고 궁금해지곤 했었는데
구름에 가리어 있다가도 어느 날 문득,
창공에 전신을 드러내 놓기도 하는 그곳이야말로
내가 아침저녁으로 우러러보는
푸른 경전(經典)이었다.

그곳에 가면 무엇이 있을까?
과연, 그곳은 어떻게 다다르며
그 속은 또 어떻게 생겼을까?
궁금증이 극에 달할 때쯤 나는 용기와 꾀를 내어서
두근거리는 심장으로 접근을 시도하고
막상 그 앞에 당도하자 밀려오는 두려움에 물러서기를
몇 차례나 했던가.

애 닳는 나의 노력에 감복한 탓일까.
어느 날 입경(入境)이 허락되어
그의 굳건한 성문(城門)을 열고 들어서던 날,
나는 너무 흥분되었고,
나는 너무 긴장된 상태에서 조심조심
한 걸음 한 걸음 발걸음을 옮겨
그곳 구석구석에 나의 숨결 아로새겨 놓았었지.

그런 나를 바라보는
저들의 강렬한 눈빛과 마주칠 때마다
멈칫, 멈칫, 나는 나도 모르게 뒷걸음질 쳤지.
그동안 내가 온실 속에서

너무나 안일하게 살아온 것만 같아
나는, 그곳에서 스스로 죄인(罪人)이 되었다.
그들 앞에서 깨끗한 죄인이 되어 눈물 보였다.

그런 나를 다시 허락한 오늘,
구절초가 바위에 기대어 환하게 웃고,
산부추꽃이 바람 속에서 폭죽을 터뜨린다.
산천이 노랗게 물이 오르기 시작하던 날,
때를 잊은 진달래가 수줍게 얼굴 내밀고,
저 홀로 불타는 듯한 단풍잎 하나
험준한 계곡에 매달려 있는데
그 눈빛에 그만 사로잡히고 말았다, 나는.

-2020. 10. 10.

눈 덮인 대지 위에 서서

타들어 가던 조마조마함만큼이나
간밤에 많은 눈이 내려 쌓였습니다.

발에 익은 산길에서조차 냉랭했던 바위들이
한 이불을 뒤집어쓴 채

서로를 끌어안고 같은 꿈을 꾸는지
가슴 두근거림에 숨을 죽입니다.

세상의 뿔들은 위태롭게 솟아 있고
칼바람은 여전히 몰아치지만

크고 작은 바위와 초목들이 서로 등을 기댄
대지 위에는 따뜻한 피가 도는 시간입니다.

-2020. 12. 17.

매화를 바라보며

그래도 봄이 온다고
변덕 심한 하늘 아래에서
뽀얀 얼굴 내미는 너를 마주하니
금세 눈시울이 또 붉어지는구나.

그래, 어려울수록 힘을 내어 살아야지.
하루하루 살아가는 일보다
거룩한 게 또 어디 있을까.
눈을 뜨면 심기일전하듯 살아야지.

어느 해였던가.
매화 흐드러지게 핀 함양 골 산자락
늙은 매화나무 아래서 시원스레 오줌 누던
여장부 누이 얼굴에도 봄은 오겠지.

-2021. 02. 04.

두리안

함부로 내 몸에 접근하거나 탐하지 말라.
그곳이 똥구덩이가 아니라 생지옥일지라도
마다하지 않는 자만이 내 속살을 품을 수 있나니
이 몸에 손끝조차 대지 말라.

가시밭길을 걸으며 역겨운 구린내까지
달짝지근하게 받아들여야 만이 비로소
바닐라 아이스크림 같은 달콤함과 부드러움으로 사로잡는
천국이 바로 나이니까 말이다.

'두리안'이라는 지옥 속의 천국을
아니, 천국 속의 지옥을 넘나들며
속으로 숨기고 있는, 저 단단한 비밀이
입안에서 녹는 진주(眞珠)나 루비(ruby) 같은 보석이네.

-2021. 02. 07.

티눈

내 엄지손가락 모퉁이에서 살아온
갈참나무 한 그루
나도 모르는 사이에 소리 없이 쓰러졌네.

그 쓰러진 나무를 짓밟고 생경한,
아주 작은 뿔이 솟고 있는데
자고 나면 조금씩 세력을 확장해 가는
그 녀석과 눈을 마주치지 않으려고 해도
자꾸만 거슬리고 신경이 쓰이네.

어느 날, 나는 용기를 내어서
삽으로 뿌리째 파내어버릴까 생각도 해보지만
겁쟁이인 내겐 살 찢어지는 고통이 먼저 다가와
팔뚝에 달라붙는 것 같이 소름이 돋아
아직껏 실행에 옮기지 못한 채 몸서리치는
나를 녀석은 비웃고 있네.

아, 그렇구나.
지금껏 살아오면서 빈틈을 보였기에
어느 날 갑자기 네가 불쑥 찾아왔으련만
지금 와서 너를 탓하고 원망한들 무슨 소용이랴.

아, 그렇구나.
평생을 살면서 다름 아닌 내가 누군가의,
아니, 아니, 세상의 티눈은 되지 말아야 하는데
그래, 오늘은 결단을 내려야겠네.

-2021. 03. 10.

책장을 덮고

낡고 오래된 책장을 넘기느라 한눈파는 사이에
겨울이 소리 없이 왔다가 물러가고
봄꽃들이 앞다투어 피었다가 지는가.

문득, 창밖을 바라보니
거리의 난장(亂場)은 끝이 나고
초록 산천이 무섭게 세상을 뒤덮는구나.

오늘은 하던 일 멈추고
광장시장이라도 기웃거려 볼거나.
또, 누가 아는가.

그동안 고생했다며 막걸리 한 사발에
두꺼운 녹두전 한 조각이라도 내놓으며
옷소매를 잡아끌지.

아무렴, 어떠하랴.
중요한 건 내 가슴 깊이 쌓이고 품어온 것들을

내가 먼저 얼마나 내어줄 수 있느냐이겠지.

-2021. 04. 07.

7월 산바람

흔들리는 나무 우듬지에서
지저귀는 새소리 더욱 청아하다.

살가운 산바람은
음지와 양지를 가리지 않고

살아 숨 쉬는 것들의 얼굴에
찰기를 더해준다.

내가 숲속을 그리워하는 것도
어쩌면, 그곳에서 깨어나는 바람이

내 마음을 한낱 산벚나무 작은 잎처럼
가볍게 흔들어 주기 때문이다.

-2021. 07. 18.

---

* '족저근막염'으로 한 달 동안 산에 들지 못하다가 오늘에서야 이른 아침 산길을 홀로 조심스럽게 조금 걸었다. 간간이 불어오는 바람이 만물의 흥을 돋운다는 사실을 새삼 느꼈다.

보현봉을 바라보며

진정, 가까이하고 싶다면
우물처럼 쉬이 바닥을 드러내지 말아요.

정말, 오래오래 가슴 안에 품고 싶다면
이렇게 멀리서 바라보아요.

그래야 언제나 심장 두근거리는
신비로 가득할 거에요.

우리 서로 그 꿈만은 깨지 말아요.
죽어서도 서로 그리움으로 남아요.

-2021. 10. 25.

나의 토담집

바람도 등짐을 내려놓고
땀을 훔치며 잠시 쉬었다 가고

햇살도 숨을 돌리며
도란도란 속삭이다 자리를 뜨는

아늑한 토담집이 내 안에 있고
내가 그 흙집에 사네.

달빛도 가을 낙엽처럼 쌓여
저 홀로 바스락거리고

어둠도 솜이불같이 펼쳐졌다가
마법을 부리는 듯 거두어 가는

낡은 토담집이 내 안에 있고
내가 그 흙집에 사네.

—2021. 11. 10.

눈물 소고(小考)

죽은 코끼리 앞에서
가던 걸음 멈추고 눈물 흘리는
우두머리 코끼리 보았네.

말할 수 없고 미동조차 없는
죽어가는 사람 두 눈에서 소리 없이
흘러내리는 눈물 보았네.

아, 눈물, 눈물이여,
마지막 순간까지 간직하고픈 진실이던가.
이 내 몸 이 내 마음속 회한의 구슬이던가

분노와 슬픔을 삭이고
기쁨과 괴로움 다 녹여내어
나를 다시 태어나게 하는 생명의 보석이여,

감추고 싶을 때 감출 수 있다면
흘리고 싶다 해서 흘릴 수 있다면

그 눈물 눈물이 아니겠지요.

-2021. 12. 22.

어느 날 문득

허허, 눈부신 봄꽃들이
왁자지껄 피었다가 졌겠거늘
나만 모르고 있었구나.

골방에 갇혀 오래 묵은 주역(周易)
읽으며 베고 눕는 삼매에 빠져
세 번의 봄 지나쳐버렸구나.

대관절, 사는 게 무엇이람?
그 사이, 멀쩡했던 친구 죽었다는
소식 접하기를 세 차례!

이제 문밖을 나서서
천지간의 기미 조짐 눈여겨보고
이웃들의 숨소리 귀담아볼거나.

-2023. 04. 06.

꽃과 나

벌 나비 날기도 전에
서둘러 꽃 피우는 까닭은
잦은 바람 믿기 때문일까.

따뜻할 때를 기다렸다가
느긋하게 꽃 피우는 것은
제 꿀 향기 믿기 때문일까.

나는 나의 무엇을 믿는가?
꿀인가, 향기인가, 빛깔인가.
아니면, 때를 읽는 지혜인가.

-2023. 04. 11.

단비

오랜 가뭄으로
기다리던 비, 비가 내리네.
곳곳에서 계속된 산불,
근심 걱정 더해주었는데
마침내 고대하던
비, 비가 내리네.

먼지 냄새 흙냄새
물씬 밀려오더니
밤사이 도심 가로수
은행나무 잎들이 돋아나
하루아침에 거리 풍경까지
바꾸어 놓았네.

산천에 초목들도
한숨 돌린 듯
표정들이 밝고 깨끗해
한결 여유로워 보이는 것이

이 단비 덕이로구나.
이 단비 덕이로구나.

-2023. 04. 05.

때로는

눈이 너무너무 부시면
살며시 눈, 눈을 감아요.

그 마음 감당하기 어려우면
독한 술 한 잔에 기대어봐요.

때로는 멀리 돌아가는 길이
더 빠를 수 있고 편안해요.

꼭 위태로운 정점에 서서
심장 졸이지 않아도 되고

쓴 물이 나오도록
불안에 떨지 않아도 되니

눈이 너무너무 부시면
살며시 눈, 눈을 감아요.

그 마음 감당하기 어려우면
독한 술 한 잔에 기대어봐요.

-2023. 01. 27.

동해 바닷가에서 하룻밤을 묵으며

젊은 날에는
밤새도록 밀려왔다가 밀려가는
거친 파도 소리 들으며
한숨도 잠 이루지 못하고
뜬눈으로 지새웠는데

늙은이 되어 돌아온 나는,
나그네 곤한 잠 설치긴 했다만
발밑까지 다가왔다가 점점 멀어져가는
거친 파도 끌어안고 뒤척이네.

–2022. 01. 28.

그리움

바다가 그립고 그리워
바닷가 언덕 위에 외딴집 짓고,

바다가 그립고 그리워서
아침저녁으로 바라보네.

두 눈 지그시 감으면
점점 가까이 다가오다가,

또, 두 눈 지그시 감으면
점점 멀어져가곤 했지.

밤새도록 밀려왔다 밀려가는
바다의 파도 끌어안고 뒤척이는

나의 길고 긴 하루하루도
점점 푸른 바다 닮아가네.

-2022. 02. 01.

눈 덮인 세상의 고요

간밤에 많은 눈이 내렸네요.
철옹성 같은 세상도 낮게 엎드리고

저 숨죽인, 아니, 아니, 숨 막히는
세상의 고요가 견디어내네요.

마침내 티 없는 적막 속으로
붉은 해, 붉은 해가 솟고요.

이것이 다 하늘이 내게 내리는
뜻밖의 선물인가요?

돌아보니 산비탈에선 금가루가 날리고
포근한 땅속에선 끊긴 숨, 숨이 돌아오네요.

-2022. 02. 19.

중나리꽃

까마득히 잊고 살았던 첫사랑을
거리에서 우연히 만나듯

나는 오늘 험한 산비탈 풀숲에서
뜻밖에 너를 만났네.

내 눈에 들어서는 순간,
너인 줄 알아보았다만

가까이 앉아 마주 보니
붉은 노을 유난히 곱고,

지나온 세월 발자국들이
파도처럼 밀려오네.

-2022. 07. 10.

그리움 그리고 꿈

높고 험한 저기 저 산
너머에는 누가, 누가 살까요?

넓고 깊은 저기 저 바다
너머에는 무엇이 살아 숨 쉴까요?

넘어갈 수 없기에 더욱 궁금하고
건너갈 수 없기에 날마다 그리워요.

살아가며 그런저런 꿈조차 없다면
살아가며 이런저런 그리움 없다면

세상은 팍팍한 황무지 되겠지만
그런저런 꿈, 이런저런 그리움 있기에

거칠고 힘든 세상도 살만하고
사막조차 초원의 동산이 되오.
-2023. 01. 27.

지구촌의 봄날을 기원하며

엄동설한 혹독하더니
매화 향기 더욱 그윽하고,

염천의 갈증, 마저, 이겨내야
이 땅에 단맛 짠맛 깊어지리라.

세상살이, 그와 같아
오늘 고난이 우리 삶의 의미를
더욱 깊고, 더욱 단단하게 할지니

살아남은 자여, 살아야 하는 자여,
오롯이 참아내며 나아가자, 나아가자.

이 어두운 터널 같은 길 끝에는
북풍한설 이겨낸 매화, 매화가 활짝 피어
웃으며 반기리라.

-2023. 02. 28.

아라홍연

그 누가, 누가,
내 곤한 잠 훔쳐가시나?
낯선 누군가 그 손길에 눈을 떠
깊은 잠에서 깨어나 일어났건만
정녕, 그 하늘, 그 땅에, 그 바람인가.

세월 가는 줄 모르고
낮잠 한숨 길게 잤네만
한걸음에 징검다리 건너듯
칠백 년을 건너뛰어
세상 밖으로 다시 나와
두 눈 크게 뜨고 보아하니
내임은 어딜 가시고 낯선 눈빛들뿐인가.

나도 한때는
이 하늘 이 땅에서 같은 햇살 받으며
뿌리내리고 살았던, 청정한 불국토
아라, 아라, 아라홍연이라네.

그 옛날, 아라가야 함안 땅에서 눈부시던
아라, 아라, 아라홍연이라네.

---

* 지난 2016년 8월에 습작한 것을 잊고 있다가 2023년 02월 01일에 수정하였습니다.
* 이 작품은 이상익 작곡가님께서 곡을 붙이셨습니다.

제 3 부

돌아가신 아버지를 생각하며

그 가벼운 눈까풀 한 장을
들어 올리지 못하시던 아버지

그리 먼 길을
홀로 걸어가시었지요.

시작이 있으면
끝이 있다는 것을 잘 알지만

끝자락에 선 아버지 모습을 보니
눈시울이 붉어지고 마는군요.

훗날, 같은 길을 걸어가게 될
내 모습 떠올리니

오늘의 거친 파도 잠잠해지고
소소한 일상이 더욱 소중해지네.

-2021. 10. 29.

깊어가는 가을에 문득

어머니 아버지 다 돌아가시자
나는 외톨이 외톨이가 되었네.
생각이 나도, 보고 싶어도 갈 곳이 없고
돌아보면 어느새 내 노인 되어있네.

장인어른 장모 다 돌아가시자
아내도 외톨이 외톨이가 되었네.
즐거운 명절이 되어도 서둘러 갈 곳 없고
돌아보면 어느새 늙은 부부 되어있네.

오늘은 아들 며느리가 오려나?
오늘은 딸 사위가 오려나?
겨울을 준비하는 가을 산이 홀로 곱구나.
머잖아 함박눈도 펄펄 내려 쌓이겠지요.

-2021. 10. 29.

어머니의 더덕 무침

어머니는,
예수님이 살아 계시다며
매일 새벽 교회에 나가 기도하셨다.
내가 이해할 수 없었던
지극정성이었다.

그런 어머니는,
장독대 옆에 작은 텃밭을 가꾸셨다.
그곳에선 부추도 자라고,
더러 생강도 자랐으며,
어머니가 좋아하는 양하(蘘荷)도 보이고,
도라지꽃도 피어나곤 했다.

그러던 어느 해,
텃밭 가운데 심지도, 뿌리지도 않은
한 무더기의 더덕이 무성하게 자라났다.
그 더덕 무침을 먹는 식탁에서
어머니는 고백하셨다.

하느님께서 특별히 보내 주신 것이라고.

식구들은 놀란 눈으로
어머니와 더덕 무침을 바라보았고,
어머니의 짧은 기도를 듣는 동안도
'어디선가 더덕 씨앗이 바람에 날려와
싹을 틔운 것이겠지…'하면서도
나는 반신반의하는 마음을 숨겼다.

어머니는 그렇게
한평생을 살다가 돌아가셨는데
숨이 떨어지는 순간도
예수님이 붙들어 주신다고 했다.
오늘 문득, 그런 어머니가 생생하게 떠오르고
나는 그만 눈물을 훔치고 있다.

-2021. 11. 07.

팥죽을 끓이며

어머니,
엊그제가 동지였습니다만
어머니가 끓여 주시던 동지 팥죽 생각나
오늘은 제가 다 팥죽, 팥죽을 끓입니다.
지금껏 단 한 번도 직접 끓여본 적 없지만
어릴 적 어깨너머로 보았던 기억을 더듬어
팥을 물에 불리고 푹 삶아 으깨어
어머니처럼 체에 밭치지는 않습니다만
'팥죽'이란 것을 끓입니다.
찹쌀가루를 반죽하여 새알심을 만들고
약간의 소금과 설탕 간으로
동지 팥죽이란 것을 쑵니다.
당신의 손자는 달콤하게,
손자며느리는 심심하게 끓여 달라고
벌써 주문까지 했습니다그려.
어쨌거나, 이 팥죽 다 끓고 나면
만삭에 가까워지는 며느리와 아들 불러
한자리에 모여 먹을 것입니다.

함박눈이 펄펄 내리는 날
어머니가 끓여 주시던
그 동지 팥죽 떠올리며
어머니의 빈 자리를 추억하렵니다.

−2021. 12. 25.

그리운 아버지 어머니를 생각하며

문득문득 그립고 고마운
아버지 무덤엔 보랏빛 붓꽃을 심고,
어머니 무덤엔 하얀 백합 심어요.
아버지는 붓꽃을 좋아하시고,
어머니는 백합을 좋아했지요.

나를 낳아 애지중지 길러주시고
너를 낳아 노심초사 길러주신
아버지 어머니 그 사랑 그 마음
생각하면 나는 그만 초라해집니다.
나는 그만 부끄러워집니다.

생각할수록 그립고 고마우신
나의 아버지, 어머님이시여,
이제야 깨닫고 붉어지는 눈시울
아버지 무덤엔 보랏빛 붓꽃을 심고,
어머니 무덤엔 하얀 백합꽃 심어요.

-2023. 06. 09.

어떤 부음

지나칠 정도로 글을 아껴 쓰시던
어느 노작가가 한동안 뜸해져서
전화 걸어 물었더니
애써 웃으면서 하는 말인즉
집에서 아내 병간호를 한다고 했다.

젊은 날엔 그렇게도
피아노를 잘 치며,
매사에 카랑카랑했다던 부인이
치매 환자가 되었다는,
의외의 사실을 알리던 작가는,

어느 날 전화해서 근황을 물었더니
그야말로 어쩔 수 없이 부인을
요양원으로 보냈다고 했다.

또, 어느 날 문자로 안부를 물었더니
「유효하지 않은 번호입니다」라는

불길한 즉답이 돌아오고,
혹시나 해서 전화를 걸었더니
「지금 거신 전화는 없는 번호입니다.
다시 확인하시고 걸어주세요」라며,
아무런 감정 없는 응답이 돌아온다.

코로나가 전파되어 정점을 찍고
더디게 진정되어가는 사이에
내가 알지 못하는
많은 변화가 있었던 모양이다.

또, 그렇게 잊고 살며,
「天命」이란 화두를 잠시 깔고 앉아
두 눈을 지그시 감았다가 뜨니
부인보다 먼저 돌아가셨고,
그 뒤 얼마 되지 않아서
부인도 뒤따라 돌아가셨다는 소식이
돌고 돌아서 내 귀에까지 전해지네.

-2022. 05. 22.

2023 튀르기예 · 시리아 지진 참상을 접하며

하늘이 무너졌는가?
땅이 꺼졌는가?
하루아침에 도시 건물들이
시루떡처럼 내려앉아 버렸네.

가족 잃고 집을 잃고
삶의 그루터기조차 다 뽑히어 버렸으니
남은 것이 있다면 오직
구차한 이 목숨 하나뿐이라네.

오 오, 죽은 자들은 돌아오지 않고
잔해더미에서 솟아나는 이 여린 새싹처럼
어둠 속에서 박차고 나아가야만 하네.
죽기 아니면 살기로 살아남아야만 하네.

하늘이시여, 땅이시여,
절망 앞에 무릎 꿇지 않도록
저들에게 따뜻한 손길 한 번 내밀어다오.

저들에게 새 희망의 의욕 불어넣어다오.

-2023. 02. 17.

봄날에 묻는 안부

지구 한쪽에서는
아직도 무자비한 전쟁 중인데
그대는 살아남았는지요?

지구상에 코로나 대유행이
삼 년째 접어들었는데
그대는 무사하신가요?

세상 사람들의 안부가 궁금하여
뒤숭숭한 오늘 밤 뜬눈으로 지새우다가
아침 일찍 산길을 오릅니다.

능선 바위틈에 진달래꽃도 피고
족두리봉에 흰 비둘기들도 잘 있는지
하나에서 열까지 다 궁금합니다.

전쟁 중에도 봄은 정녕 오고,
코로나 대유행 속에서도 꽃은 피어나건만

오래 보지 못한 벗님들이여, 안녕하신가?

-2022. 04. 03.

임종(臨終)

초원을 향해 달리는 산양 무리
돌연, 대열에서 이탈하는 녀석

차가운 손 붙잡고 울어주어도
끝내 저 홀로 가는 길 어찌하랴.

더불어 울고 웃던 때 있었다만
누구나 홀로 가야 하는 길

누군가 곁에 있어도 혼자이고
홀로 걸어가도 혼자 아닌 길

무심히 떨어지는 저 꽃잎 같아
한낮 무심히 떨어지는 저 꽃잎

-2023. 04. 09.

세모의 저녁노을 바라보며

지나간 것들은 아쉽기 짝이 없고
다가오는 것들은 설레기 마련인가?

세모의 저녁노을 바라보며
올해도 그렇거니와 작년도 그랬었음을 부인할 수 없구려.

그렇다면, 다가올 내년은 어떻고요?
또, 내후년은 과연 어떨까요?

그렇게 평생 많은 것을 이루었어도
그렇게 평생을 빈둥빈둥 살았어도

생을 마감하는 순간에는
아쉬움과 미련이 남을까요?

-2021. 12. 20.

영금정(靈琴亭)에서

천년만년 밀려왔다 밀려가며 깎아 세운
고풍스러운 바위 정자(亭子)들이 바닷길 따라 숲을 이루었네.
그들 크고 작은 정자 하나씩 차지하고서
신선(神仙)처럼 앉아 지치는 줄 모른 채
거문고를 뜯는 이 누구인가.

그 울림은 영묘(靈妙)하여
이 가슴 구석구석 파고들고
그 자태 눈이 부셔
손에 잡힐 듯 말 듯 가까이 있으나 멀구나.

평생 이곳에서 바다만 바라보며 살아온
등 굽은 노파의 눈빛을 노래하는 것 같기도 하고,
단숨에 달려왔다가 하얗게 부서지며 물러서는
내 인생의 바람기를 번갈아 가며 연주하는구나.

세상의 모든 근심 걱정 다 내려놓고
눈 크게 뜨고 귀 맑게 열어 놓으면

그 신령스러운 거문고 타는 모습이 보이고
그 영험한 화음 들리는데
예까지 와서 속된 욕심 드러내 보이면
검은 바위에 부서지는
흰 파도에 바람 소리뿐이라네.

-2022. 01. 28.

오늘 저녁 나의 식사

오늘 저녁 나의 식사는
하얀 밥 몇 술 끓여
하얀 물김치 몇 조각으로만 먹고 싶다.

그동안 지나칠 정도로
별의별 음식 맛을 즐기며 많이도 먹은
속인의 욕구를 반성하는 뜻에서이다.

오늘 저녁 나의 식사는
하얀 밥 몇 술 끓여
하얀 물김치 몇 조각으로만 먹고 싶다.

세상에서 가장 소박하고
내생에 가장 적은 양으로
배불리 먹고 싶다.

–2021. 12. 20.

제 4 부

다람쥐에게 · 1~10

북한산 · 1~4

이제 와 보니 · 1~10

다람쥐에게

1.
늦가을 돌풍에 밤비 몰아친다.
천둥 번개 요란하다.
그래도, 나는 거친 비바람 피해
몸을 숨길 수 있는
이 아늑한 골방이라도 있다만
그대는 어떠신가?
오늘 밤 폭우로 은신처에 물이 차거나
떠내려가지 않기를 기도한다.
지금쯤 조마조마한 마음으로
어두운 동굴 속 어디선가
바짝 몸을 웅크려 부치고 있겠지?
아니면, 세상모르게 이미 곯아떨어져서
단잠에 꿈까지 꾸고 있을까?
그래, 숨죽여 기다려라.
내일은 문밖을 나서면
분명, 청명한 하늘 아래
도토리 밤 많이 떨어져 있을 게다.

2.

코로나에 인건비 비룟값 상승이라
그야말로 우여곡절 끝에 한 해 농사지었다며
인심 좋은 손위 큰처남이 주는
햅쌀 한 포대와 김장김치 한 통 받아 놓고 보니
나는 부자가 된 듯 뿌듯하다만
그대는 어떠신가?
겨울철 비상식량은 비축해 두었겠지?
집안의 문풍지도 새로 단장해 놓았겠지?

3.

그야말로 엄동설한의
동토(凍土)를 가로질러 걸어간다.
그대는 꼼짝달싹 않은 채
겨울잠에 깊이 빠져들었겠지?
북풍한설 몰아치는 날에
네가 사는 산 하나를 넘으며
나는 너의 안부를 묻는다.
꽃 피는 봄날에는 다시 볼 수 있겠지?
양지바른 계곡에
작은 새들이 무리 지어 지저귈 때

너도 나와 있겠지?

4.
오늘 밤 기온이 뚝 떨어진다고 한다.
나는 수도관 동파 걱정하며
연일 창문을 꽁꽁 닫고
세탁기 사용도 할 수 없어
몸을 웅크린 채 숨죽이고 있다만
그대는 어떠신가?
찬바람 막아줄 나뭇잎이라도 끌어모아
땅굴 속 보금자린 아늑하겠지?
이렇게 밤이 길수록
고목(古木) 밑에 숨겨 놓은
도토리 생각 간절하겠구나.

5.
어느새 산수유 꽃 피어나고
진달래 노랑제비꽃도 곳곳에 피었구나.
조금 있으면 산철쭉에 산벚꽃도
놀란 듯이 피어나리라.

여기는 바람도 넘어오지 못하고
겨우내 얼어붙었던 얼음이 먼저 녹는 곳
쌓인 낙엽 속으로
물이 졸졸 흐르는 소리 들리고,
물웅덩이에 물이 고이듯
따뜻한 봄 햇살이 쌓이는 계곡
작은 새들이 모여 곡예 부리듯
사랑의 씨앗 뿌리느라 여념 없는 곳
하산길 발걸음 멈추고
잠시 햇살 속으로 나도 몸을 기대었는데
너는 지금 어디에 있는가?
그래, 그래, 그러면 그렇지.
너도 겨울잠에서 깨어 나와
내 벗어놓은 배낭 위에서
사주경계를 펴는구나.
네 눈에는 미동도 없는 내가 그저
산비탈에 박힌 바윗돌로 보이는 모양이구나.

6.
어머나, 저게 뭐야?
저 저기 바위 위를 봐.

다람쥐가 보름달을 들고 서 있네요.
'하루재'를 넘어 사람들로 붐비는
백운대 가는 계곡 길
누가 베풀었는지
둥근 뻥튀기 한 장 들고
주변을 경계하며 서 있는 너를 훔쳐보았단다.
어쩌면, 너에게는
필생 최고의 순간이지 않았나 싶다만
그 기쁨만큼이나 불안도 컸겠지.
그 아슬아슬한 장면을
한참을 서서 몰래몰래 지켜보았단다.

7.
여기서 툭, 저기서 툭,
묵은 낙엽 위로 도토리 떨어지는 소리
가을 산의 적막을 깨뜨리자
나도 쫑긋, 너도 쫑긋
바쁘구나. 신비하구나.
작은 도토리 하나 들고서
먹으려고 애쓰는 너를 보니
언제 허기를 채우며

언제 월동준비 다 마치겠니?

8.

올해 들어 미세먼지가 가장 심하다며
노출 시에 기침, 호흡곤란, 가려움, 안구 건조 등
이상 증상이 나타날 수 있다며
외출자제, 손 씻기, 마스크 착용 등으로
위생관리 철저히 하라고
환경부에서 발송한 재난 문자 받았네.
우리는 그런 위험한 세상을 살면서
아무 일이 없는 것처럼
심각한 일을 심각하게 받아들이지 못하는
중독자가 된 지 오래다.
그대가 살아가는 저 높은 산도
미세먼지에 잠겨 보이지 않고
내가 사는 이곳 도심도
탁한 수중(水中) 속으로 잠겨버린 듯
한 치 앞도 분별 되지 않는구나.
우리는 한배를 탄 공동운명체.
앞날이 심히 걱정되는구나.
소용돌이칠 풍파가 걱정되는구나.

9.
한강 물이 얼어붙어야 할
겨울 한복판인데
남산 양지바른 비탈에
개나리꽃 피고 민들레꽃이 눈에 띄네.

변하지 않는 것 없다지만
그저 웃어넘길 일 아니다.
장마와 태풍까지 겹쳐올 여름엔
또 누가 제물(祭物) 되어 환란(患亂) 치를까.

10.
네가 울면 나도 슬피 울고
네가 미소 지으면 나도 밝게 웃는
우리는 하나, 우리는 하나.

네가 아프면 이 마음도 아프고
네가 나으면 이 몸도 나아지는
우리는 하나, 우리는 하나.

너와 내가 그렇게 한마음 되고

너와 내가 그렇게 한 몸이 될 때
우리는 사랑, 우리는 자비.

사랑보다 더 깊은 의미 있으랴
자비보다 더 큰 가치 있으랴
사랑하는 우리, 자비로운 세상.

북한산

1.
내 작은 집에 딸린
아주 큰 정원이라

나는 그곳에서
놀다 지쳐 쉬며

그곳에서 담을 기르고
마음의 샘물 긷네

계곡의 물소리 우렁찰수록
더욱 깊어지고

바깥세상 시끄러울수록
더욱 높아지는

그곳에서 나는,
땀 흘리며, 몸과 마음 씻고

그곳에서 나는,
귀를 기울이며, 눈을 뜨네.

-2022. 09. 10.

2.
내 초라한 집에 딸린
아주 깊고 깊은 정원이라

나는 그곳에서
아침저녁 노을 그리고

그곳에서 심신을 단련하며
세상 사는 이치 터득하네

혹서(酷暑) 혹한(酷寒) 겹치던 이듬해
더디 핀 꽃들이 더욱 붉고

태풍이 지나간 뒤
그 얼굴 더욱 말쑥해지는

그곳에서 나는,
바람에 밀려가는 신록 파도를 타고

그곳에서 나는,
다람쥐 안부를 묻고, 산부추꽃 맞이하네.

-2022. 09. 11.

3.
동굴 같은 내 집
품어주는 어머니 가슴이라

나는 그곳에서
살다가는 애벌레요

그곳에서 하고 싶은 말 쏟아놓고
쏟아놓은 말 다 묻어두네

서북쪽은 골이 깊고 길지만
동남쪽은 짧고 가팔라서

오르내리는 길마다
발걸음과 숨소리가 경쟁하는

그곳에서 나는,
깊어가는 산빛, 묵언의 장중함 새기며

그곳에서 나는,
바위틈으로 솟는 생명의 천둥소리 듣는다.

-2022. 09. 11.

4.
아침저녁으로 우러러보는
경전 같은 산이여,

나는 그곳에서
계절이 바뀜을 알고

나는 그곳에서
이 아래 세상을 내려다보네.

유달리 바람 많고 거친 능선은
키 작은 초목들의 향기 더욱 진하고

바람 타지 않고 양지바른 곳에서는
작은 풀꽃들이 먼저 피어나는

그곳에서 나는,
뜻을 세우고, 길을 터득하며

그곳에서 나는,
만물을 품고, 함께 가는 사랑 배우네.

-2022. 09. 11.

이제 와 보니

1.
산다는 것은
중력을 거스르는 일

벼랑을 벼랑인 줄 모르고
기어오른다.

2.
산다는 것은
꿈을 꾸는 일

벼랑 너머에 있을
세상을 그리며 나아간다.

3.
매달릴 힘,
기어오르는 기술,

의욕을 솟게 하는 꿈,
이놈들이 있어야 버틸 수 있다.

4.
꿈이 사라지는 순간,
살아도 사는 게 아니고

삶의 끝, 추락, 죽음으로
이어질 따름이다.

5.
죽는 순간 모든 사람은
같은 길을 간다.

몇 가지 원소로
분해되는 과정이다.

6.
나는 그 길을 두고
「절대적 평등세계」라고 부른다.

살아있던 모든 생명체가
죽음으로써 가는 그 길

7.
그리하여 물질을 구성하는
원소로 허공 중에 방사되고

물질은 새로운 생명체가 되는,
없어서는 안 되는 원료가 된다.

8.
이렇게 돌고 도는 것으로

담백하고 깨끗하다.

이렇게 돌고 도는 것으로
깨끗하고 질박하다.

9.
그런데 사람은 살면서
선악을 구분하려 애쓰지만

자연은 선악을
구분하지 않는다.

10.
태양이 햇빛으로써
만물을 차별하지 않듯이

하늘이 내리는 빗물로써
산천의 초목을 차별하지 않듯이.

-2021. 12. 27.

제 5 부

기미 · 1

사람들은 때아닌 메뚜기떼를 걱정하지만
인류가 바로 그 메뚜기떼임을 자각하지 못한다.

그래도 오늘 지구가 깨어지지 않고
견디어주는 게 신통하고 감사할 따름이다.

코비도19 대유행도, 실은, 그런 기미,
내 안의 메뚜기떼를 자각하라는 뜻이다.

사람이 사람을 만나면 반가워서
서로 부둥켜안고 얼굴을 비비며

눈물이 두 뺨을 흘러내릴 때까지
나로부터 시작되는 재앙은 멈추지 않을 것이다.

–2021. 04. 18.

기미 · 2

올봄엔 벚꽃이 너무 일찍 피었다며
지구 온난화를 걱정하면서도
코와 입을 가린 상춘객들로 북적인다.
그렇게 산에 들에 봄꽃들이 피긴 피었다만
쓰레기통을 뒤지는 북극곰처럼
궁지로 내몰리는 저들의 절박함을 알 리 없다.

급변하는 지구촌 환경의 기미들이
점점 큰 걸음으로 다가오며 자연재해를 암시하지만
숨을 쉴 수 있는 한, 숨을 몰아쉬며,
갈 수 있는 한 가는 것이 생명인지라
세상엔 아무 일이 없다는 듯
너도나도 축재(蓄財)를 즐기며 살아가기에 바쁘다.

–2021. 04. 25.

기미 · 3

난데없는 천둥 번개가 심상치 않다.
살면서 '돌연'이란 말을 적게 쓸수록 좋은 법인데
요즈음엔 그 쓰임이 잦다.
다 뜻밖의 일이 생김을 알리는 기미이거나
이미 있었던 전조(前兆)에 따른 결과일진데
우리가 그것들을 무시하거나 외면하곤 한다.

지구상에는 사람이 너무 많고 너무 가까이 산다.
너무 잘 먹고 사는 것도 죄가 되고,
너무 좋은 집에서 사는 것도 죄가 되는 세상이다.
참으로, 어려운 일이다만
인간의 욕구가 통제되어야만 하는 이유이다.

-2021. 06. 27.

---

* 나는 이런 시를 쓰고 싶지 않다. 이것이 한낱 어리석은 늙은이의 기우(杞憂)에 지나지 않기를 바랄 뿐이다. 살다 보니 이제는 저녁 여덟 시 뉴스조차 시청하기 어렵다. 뉴스를 끝까지 듣노라면 온갖 좋지 못한 내용과 폭력적인 언어가 내 심성에 상처를 내고 철철 피 흘리게 하기 때문이다. 또 눈과 귀를 막고서 조용히 살아야 할까 보다.

기미 · 4

하룻밤 자고 나니
세상이 바뀌어 버린 듯

간밤에 생긴 일이
우리를 놀라게 한다.

한쪽에서는 오도 가도 못하게
전례 없는 폭설(暴雪) 폭우(暴雨)에 갇히고

다른 한쪽에서는 강진(强震)으로
그야말로 아비규환이다.

또 다른 곳에서는 여전히
확전(擴戰) 일로에 생사를 다툰다.

지구촌 곳곳에서
불길한 기미가 끊이지 않는데

이대로 가다가는
너나 할 것 없이 대재앙에 휘말린 것만 같다.

천지 간의 음양(陰陽)이
심상치가 않다.

우리 마음속 두 기운의 대립이
심상치가 않다.

-2023. 02. 11.

기상이변

봄비는 귀해지고, 대형산불 겁이 나네.
여름철 폭염(暴炎)에다 폭우(暴雨)로 휩쓸더니
이제는 초강력 태풍 다가오니 어쩌나?

변해도 너무 많이 변하여 두렵구려.
지구촌 곳곳에서 홍수에 가뭄으로
애꿎은 민초(民草)들만 험한 고초 겪는구나.

이제 와 그 누구를 탓하고, 나무라겠는가.
모두가 내 탓이고, 모든 게 내 덕이네.
너무나 잘 먹고 사는 과소비가 문제지.

지구의 양극에선 빙하가 녹아내리고
이어지는 온난화에 생태계 파괴되니
잠자던 바이러스도 앞다투어 나오네.

–2022. 09. 02.

2022 서울에서

장맛비가 폭우처럼 내리다가
잠시 밀려난 틈으로
폭염(暴炎)이 거짓말처럼 계속된다.

오늘은 내가 사는 아파트 화단에
누렇게 변해 가는 철쭉이
놀랍게도 붉은 꽃송이를 피웠네.

꽃이 때를 잃은 것인가?
때가 꽃을 속인 것인가?

작은 기미가 검은 그림자 드리우건만
우리는 무관한 일처럼 대수롭지 않게 여기며
그저 살기에 쫓기듯 바쁘다.

지구촌의 폭염(暴炎) 폭우(暴雨)가 기미 되어
더 큰 그림자 드리우며
다가오는 내일의 재난을 예고하건만

우리는 애써 고개를 돌리며
남의 일처럼 모르는 일인 양
무더운 여름날을 시원하게 보낸다.

-2022. 07. 03.

자연과 문명

여름은 무덥게
겨울은 춥게 보내는 것은 자연이고

무더운 여름을 시원하게
추운 겨울을 따뜻하게 보내는 것은 문명이다.

문명은 자연을 침식하지만
자연은 문명을 품을 수 있는 한 끌어안는다.

그러나 더는 품을 수 없는 순간,
어미와 자식 사이는 어떻게 되겠는가?

–2022. 07. 05.

터지지 않는 비눗방울

내 앞으로 커다란 비눗방울 하나가 내려온다. 그 비눗방울 속에서는 손자 같은 한 아이가 나를 향해 손바닥으로 마구 벽을 치며 운다. 하지만 나는 그를 구원해 주지 못한다. 다가가 아무리 세게 두드려도 그 비눗방울이 터지지 않는다.

가만히 들여다보니, 그 안에는 서울의 빌딩 숲도, 그 뒤로 보이는 보현봉도 모두 잠기어 있다. 그 속에서 살아가는 수많은 사람도 개미 떼처럼 밑바닥을 이리저리 어지럽게 기어 다닌다.

아무리 그놈의 비눗방울 하나를 터뜨리려고 애써도 터지지도 깨어지지도 않고, 그 속의 풍경이 오히려 점점 커지면서 다가온다. 저 개미 떼 속에는 내 얼굴도 보인다. 비참하기 짝이 없는 몰골이다. 이미, 삶의 의욕조차 다 사라져버린 것 같다. 나는 차라리 죽는 편이 나을 것 같다는 생각이 들었다. 숨이 막힌 모양이다.

갑자기 날씨가 따뜻해진, 요 며칠 사이에 초미세먼지와 황사에 갇혀 모두가 문을 꽁꽁 닫고 숨죽이던 날, 비눗방울 하나가 그렇게 내게 다가왔다. 나는 소스라쳤다. 한참 후에야 제정신이 돌아왔고, 나는 아무런 의미도 없는 말을 중얼거리기 시작했다.

-2023. 01. 12.

저녁 단상

무심코 내가 버린 페트병 하나
세상 구석구석 떠돌다가

구겨지고 부서지며 마모되어
넓고 깊은 세계 돌고 돌아서

마침내 내 입 내 코를 거쳐
이 몸 안으로 들어온다.

비밀스러운, 내 허파 내 간에서
종양처럼 쌓여가는 미세 플라스틱

모래톱에 찍힌 낯선 발자국에
검게 변한 피가 고인다.

-2022. 10. 14.

무제

지구촌 곳곳에서
폭염(暴炎)이 난동을 부리는 것은

다름 아닌 우리가
무더운 여름 너무 시원하게 보내고
추운 겨울 너무 따뜻하게 보내기 때문이지.

지구촌 곳곳에서
폭풍우가 기습 난리를 피우는 것은

다름 아닌 우리가
너무 많은 것을 소비하고
너무 많은 곳을 점령 유린(蹂躪)하기 때문이지.

돌이킬 수 없는
우리의 욕구 속에는
오늘의 험난과 고통이 얽혀 있고

돌이킬 수 없는
우리의 욕구 속에는
내일의 절망과 죽음이 예고되어 있다.

-2022. 07. 23.

기우(杞憂)

'사시불특(四時不忒)'이라 했던가.
옛사람의 말이 무색하게 꽃들은
제철을 모른 채 피어나고,
봄가을이 휘청휘청, 겨울이 겨울답지 않네.

이것이 지구촌 환경변화의 조짐이건만
당장 죽고 사는 일이 아니라며
대수롭지 않게 여기고
여전히 과소비 부추기며, 부(富)를 좇네.

정작, 장마철에는 비 내리지 않고
때아닌 태풍에 기습 폭우 쏟아져
지금껏 경험해보지 못한 물난리 치르며
적지 아니한 사람의 생명과
삶의 터전이 일시에 떠내려가곤 하네.

불길한 기미나 조짐 무시하고
미리 대비하지 못하면

큰코다치게 마련이거늘
이를 어찌하란 말이냐!

양극에서는 빙하가 거침없이 녹아내리고
곳곳에 만년설조차 다 녹아 민둥산이 드러나니
급기야, 대지가 흔들리고 바다에서 땅이 솟는
지구촌의 대격변도 멀지 않았구나.

–2023. 06. 14.

공사 중인 지구

어느 날, 포클레인 몰려와 내 갈비뼈를 헐고 뜯어내어, 그 속을 이리저리 파헤친다. 또 어느 날은, 굴착기가 그곳에 깊은 구멍을 숭숭 뚫고, 폭약을 넣고, 철골을 박으며, 시멘트를 들이붓는다.

그렇게 뚝딱 거짓말처럼 고층빌딩이 세워지고, 새롭게 들어선 빌딩과 빌딩이 경쟁하듯이 다닥다닥 붙어서 문명의 철옹성을 이루었는데도 숨이 막힐 지경이다.

내 가슴은 이미 만신창이 된 채 거덜이 났고, 그 부서지고 찢겨나간 잔해는 흔적도 없이 사라졌는데, 비틀비틀 걸어오며 신음하는 지구! 우리는 살기 위해서 높이 높이 쌓고 있지만 기실, 제 생명을 야금야금 갉아먹고 있다.

-2023. 06. 15.

여름날의 서울

높은 지붕 위로 올라가서 내려다보면
서울은 영락없는 초대형 가마솥이다.
그 속으로 무언가를 가득 밀어 넣고서
종일 내내 펄펄 끓이거나 푹푹 삶고 있다.

그 미끌미끌하고 윤기 나는
부잣집 가마솥 뚜껑 위에서
뜨거워지는 줄도 모른 채 위태롭게 뛰노는
천진난만한 어린 내가 보인다.

순간, "안돼!"라고
소스라치며 늙은 내가 비명을 지르지만
그 소리는 한 치 앞도 못가서 미라가 되어버린다.
힘차게 내뿜는 가마솥 증기 속에서
어슴푸레하게.

−2021. 07. 08.

노파심

추워야 할 겨울이 포근해도 걱정이 앞서고,
무더워야 할 여름이 덥지 않아도 불안해진다.

한 번은 가뭄으로 산불 난리를 치르고,
또 한 번은 폭풍우로 물난리를 치른다.

이런 기상이변이 이제 시작이라니
앞날이 걱정되고 불안해지는 게 사실.

나는 살 만큼 살았으니 덤덤히 받아들일 수 있다지만
살아갈 날이 많은 손자 세대가 심히 걱정된다.

하지만, 주변 사람은 쓸데없는 걱정이라며
다 적응하며 살아가게 마련이라고 너무 쉽게 말하네.

-2023. 01. 11.

제 6 부

주역(周易)의 표정 · 1

고목에 새순이 돋았구려.
아랫마을 늙은 지아비는 젊은 여자와 함께 사니
허물 될 것 없고, 불리할 것도 없다.

고목에 꽃이 피었구려.
윗마을에 늙은 부인이 젊은 사내와 함께 사니
허물 될 것 없고, 명예로울 것도 없다.

하지만, 얼마나 오래가겠는가.

-2023. 01. 09.

주역(周易)의 표정 · 2

때마침, 배밭 머리에 이르렀는데
까마귀 날자 배 떨어진다.

풀밭에 매어놓은 소
지나가는 이가 몰래 끌고 가버리자
애꿎은 마을 사람이 의심받고 곤욕(困辱) 치르네.

실로, 나는 아무런 잘못이 없는데
하필, 그때 그곳으로 나갔기에
의심받고 덤터기까지 뒤집어쓰고 마네.

일진(日辰)이 사납기 때문일까?
하늘이 나를 외면하기 때문일까?

–2023. 01. 10.

주역(周易)의 표정 · 3

내가 아는, 어느 콧대 높은 여인은
좋은 배필 만나려고 버티고 버티다가
안타깝게도 첩(妾)으로 시집가네.

내가 아는, 어느 사려 깊은 여인은
좋은 사람 만나려고 미루고 기다리다가
마침내 좋은 배필(配匹) 만나 시집가네.

아뿔싸, 이런 차이야말로
어디에서 비롯되는 것일까?
타고난 성품 탓일까? 귀천(貴賤) 탓일까?

누구는 때를 놓치고,
누구는 기회를 잡았도다.

–2023. 01. 10.

주역(周易)의 표정 · 4

여우가 물길을 건너는데,

어떤 녀석은 조심조심 주변을 살피며 건너가다가 꼬리가 물에 젖으니 더는 안 되겠다 싶어 돌아서 버린다. 공연히 기분만 잡쳤다.

또, 어떤 녀석은 꼬리가 물에 젖어도 용케 끝까지 건너가 방금 건너온 물길을 돌아보며 미소 짓는다. 당분간, 안전이 보장되리라.

그런가 하면, 어떤 녀석은 거칠어진 물살에 머리까지 젖는 데도 감행하다가 물길 한가운데서 물살에 휩쓸려 떠내려가니 무모한 도전이 되었구려.

자고로, 흉한 꼴을 피하려면 때를 잘 살피어야 하고, 자신의 능력을 가늠해 본 연후에 험한 물길 건너도 건너시라.

–2023. 01. 12.

주역(周易)의 표정 · 5

양(羊)의 무리를 이끄는 우두머리가
자신의 경험과 힘을 믿고 초원을 향해 앞장서 가는데
뜻하지 않은 가시 울타리가 길을 막는구나.

돌아서자니 자존심이 상하고,
들이받자니 힘들고 뿔이 상할 게 뻔한데
이러지도 저러지도 못하는 진퇴양난에 처하는구나.

이제 와 후회한들 무슨 소용이며,
내친김에 들이받고 또 들이받아 피 흘리며
가시 울타리 뚫으면 다행이다만,
그 전에 돌아서 버리는 무리에 체면 다 구겨지는구나.

–2023. 01. 13.

주역(周易)의 표정 · 6

그처럼 우물이 바닥을 드러내면
오던 새들조차 떠나버리고
그처럼 우물이 오염되어버리면
사람들의 발길조차 뚝 끊기고 마는 것을.
여기저기 쓰레기나 나뒹구는,
버려진 우물의 황폐함과 그 쓸쓸함을
영화롭던 옛 사막 도심에서도 보았고,
오래된 시골 마을 고택(故宅)에서도 보지 않았던가.

나의 생각 나의 감정을 모시 올처럼 짜서
내 '마음'이라는 그릇에 담아 파는
시인으로서 버려진 우물이 되지는 않았는지
스스로 그 속을 들여다보며 때맞추어 보수하고
반경 백 리 정도는 울창한 숲을 가꾸자.

'舊井無禽, 時舍也'*라 했던가.
시대로부터 버림받지 않으려거든
여름엔 시원하고 겨울엔 김이 모락모락 피어나는,

맑은 물이 솟아나도록 끊임없이 문장 다듬고
시혼(詩魂) · 시정(詩情) 가다듬어야 하지 않겠는가.

-2021. 06. 25.

---

* 주역(周易) 수풍정괘(水風井卦) 초육(初六) 효사(爻辭)의 상사(象辭)에 나오는 '舊井無禽 時舍也'라는 말에서 차용하였음.

주역(周易)의 표정 · 7

시작이 있으면 그 끝도 있나니
너무 오만하게 굴지 말게나.

끝이 있으면 새 시작도 있나니
너무 슬퍼하지 말게나.

영원할 것처럼 군림하는 부귀영화도
순간에 지나지 않으며

있던 것도 없었던 듯 사라지고
없던 것도 있었던 듯 나타나니

지금 이 순간 머묾을 축복으로 여기시라.
그 축복조차 이내 사라짐을 생각하시라.

-2023. 06. 11.

중도(中道)

나리꽃이,
하늘을 올려다보면 하늘나리요,
땅을 굽어보면 땅나리 되듯이,

하늘도 땅도 아니고
모호하게 그 중간쯤 바라보면
중나리라 하듯이,

주역(周易)의 '중도(中道)'라는 것이 딱 그러하다.
부족하지도 않고 지나치지도 않으며,
가깝지도 않고 멀지도 않은 가운데 자리라.

-2022. 07. 17.

제 7 부

나의 시집/문예지를 읽으며/불면(不眠)/가곡과 대중가요

시와 소설/그리운 산/봄소식/천국(天國)/검은 진주

탐욕/수박/독행(獨行)/아침 단상/두 바퀴째 도는 길

기억창고 안을 들여다보며/나의 기억창고/나의 현기증

나의 시집

나의 시집은
상다리가 휘도록 산해진미 차려진
잔칫상도 아니고,

나의 시들은
넉살 좋은 주인 놈의 입방아
너스레도 아니다.

그저 마음 머무는 대로 끄적거리다가
늙어버린 촌로(村老)의 주안상에 올려진
박주산채에 지나지 않으니

배알 없는 녀석들의 박장대소에
취하는 줄 모른 채
고주망태 될 일 없고,

돌아가는 길에
시궁창으로 얼굴 박을 일 없어

그나마 다행이구나.

-2021. 01. 02.

문예지를 읽으며

시를 쓰는 시인은 많고 많으나
시가 없는 까닭이 무엇인가?

시가 차고 넘쳐나지만
시인이 없는 연유가 또 무엇인가?

많은 시인이 시인 아니고
넘치는 시가 시 아니기 때문이겠지요.

이 말이 떨어지기 무섭게
사방에서 날아오는 돌팔매들

저 단단한 돌들을 던지는 이가 오늘의 시인이고
이 차디찬 돌들이 오늘의 시이기 때문이겠지요.

이 돌과 돌들을 가슴속에 품고 품어서
숨이 들고 피가 돌게 하는, 달콤한 고통이 진짜 시이겠지요.

-2021. 11. 10.

불면(不眠)

내생의 모래언덕
날카로운 능선을 타고 또 넘느라

무디어진 손 발바닥에서도
붉은 핏방울이 맺힌다

바람처럼 미끄러지듯 흘러내리는
붉은 꽃잎의 귀두가 고아라

유리병에 갇힌 종이학
비로소 무리 지어 날아가느니

-2021. 12. 11.

가곡과 대중가요

가곡과 대중가요를
애써 구분하려고들 하는데

실은 구분하기도 전에
이미 구분되어 있지요.

이들은 놀이터 놀이기구 가운데
하나라는 점에서는 분명 같은데

누구는 미끄럼틀을 타고
누구는 시소를 타며 그네를 탄다.

가곡과 가요는 다르지만
놀이터의 놀이기구라는 점에서는 같다.

-2021. 12. 18.

시와 소설

대중가요가 소설이라고 한다면
가곡은 분명 시이지요.

소설이 커피 맛이라고 한다면
시는 녹차 맛이지요.

실상은 커피를 즐기는 이가 시를 쓰고
녹차를 즐기는 이가 소설을 쓴다.

그래서일까, 시가 시 아니며
소설이 소설 아니다.

풀어쓰는 소설은 커 보이지만
응축해 쓰는 시는 작아 보인다.

다만, 큰 것에 매달리기를 좋아하기에
작은 것은 언제나 쓸쓸하다.

그래도 나는 '시'라는 뗏목을 타고
너른 바다로 나아가는 중이다.

-2021. 12. 19.

그리운 산

산은 늘
거기 있었다.

내가 변하고,
네 마음이 변한 것이지

산은 늘
거기 있었다.

-2022. 12. 20.

봄소식

창문 밖 노목(老木)이 내뿜는 매화 향기
코끝에 정박하는 것으로 미루어보아
마침내 봄은, 봄은 왔는가?

그 향기 심상치 않고, 그 자태 고적한 것이
지난겨울 한파 지독했던 모양이다.
얼마나 고생들 했는지 알만하오.

반가운 이 봄소식 누구에게 먼저 전할까.
발이 시린, 동토(凍土)에 사는 벗이로구나.
아직 결가부좌 풀지 아니한 내 벗이로구나.

-2023. 02. 15.

천국(天國)

"그곳, 그런 곳이 어디 있느냐?"라고 물으면
더는 지체하지 않고 말한다오.
"한 번이라도 더 웃을 수 있고,
더불어 슬퍼할 수 있는, 이곳 여기"라고.

"그곳, 그런 곳이 어디 있느냐?"라고 물으면
나는 서슴없이 말한다오.
"한 번이라도 더 콧노래 부를 수 있고,
함께 눈물 흘릴 수 있는, 여기 이곳"이라고.

설령, 슬프더라도 웃음 잃지 말고
정녕, 힘들더라도 콧노래 불러요.
여기 이곳 떠나면 슬픔도 웃음도 없고,
여기 이곳 떠나면 눈물도 콧노래도 없어요.

-2023. 02. 03.

검은 진주

억수장마
언제 그치려나?

오신다던 내 임은
어디쯤에서 애태우시나?

-2022. 06. 30.

탐욕

탐욕이 클수록
눈은 어두워지고

눈이 어두워질수록
세상살이가 가벼워진다.

-2022. 06. 30.

수박

무더운 여름날, 수박을 먹을 때마다
나는 하늘과 땅에 고마움을 느끼며
잠시 눈을 감고 묵상한다.

이 뜨거운 여름날에
물 많은 수박을 주시다니
내 삶도 누군가의 갈증을 해소해주는

커다란 한 통의
잘 익은 수박이 되어야 할 텐데
받아먹기만 하고 베풀지 못한다면 부끄럽겠지요?

-2022. 07. 08.

독행(獨行)

오늘은 5월 8일 일요일,
나라에서 정한 어버이날이자
불가(佛家)의 부처님이 태어나신 날이다.

이른 아침부터 산길을 걷다가
잠시 너럭바위에 앉아 거친 숨 돌리는데
산사(山寺)의 범종 소리가 능선을 넘고 넘어
깊은 계곡을 가로질러 온다.

곳곳에 진달래 산철쭉꽃 자리 비우자
덜꿩나무와 팥배나무꽃이 앞다투어
하얗게 피어나는 산천이 편안하구나.

산봉우리 하나를 넘어 집에 이를 때까지
입을 열지 않는 내 귀엔
오늘 산사를 찾는 길손들이 마냥 시끌시끌하다.

–2022. 05. 08.

아침 단상

일요일 아침,
막 삶아낸 밤고구마를 먹고 차를 마시며
아내에게 중얼거리듯 하는 말 :

어머니 아버지가 안 계시니
가슴 철렁 놀랄 일 없고,
걱정할 일도 없네.

이제야 오솔길처럼 드러나 보이는
내 앞길을 생각하며
지그시 눈을 감고 미소 짓네.

-2022. 10. 16.

두 바퀴째 도는 길

나의 변변치 않은 시에서
"세상 한 바퀴 돌아 나왔다"라는 말을 했는데
이제 그 말의 진의를 밝히련다.

그 의미인즉
내가 태어나 지구가 태양을 중심으로
예순 바퀴 이상 돌고,
나를 낳아 길러준 아버지 어머니
모두 돌아가시고,
내가 결혼하여 낳은 자식이 아들을 낳아
첫 손자가 첫돌을 맞이할 때까지 가까이에서 지켜보는
이 세 가지 조건을 충족함이라.

그 이후는 같은 길을 두 바퀴째 도는 것이기에
더는 큰 기쁨도 깊은 슬픔도 없을 것이리니
소소한 일상을 각별하게 생각하며
못다 한 일에 매진할지어다.
이것이 내 인생을 만끽하는 법.

길은 언제나 가까이 있고말고.

-2022. 07. 09.

기억창고 안을 들여다보며

어디선가 수상한 냄새가 나는 것 같다. 코를 킁킁거리다가 작심하고서 기억창고의 문을 열고 들어가 보았다. 그야말로 처참했다. 너무나 오랫동안 밑에 깔려서 압사(壓死)한 녀석도 있고, 신음을 내뱉는 녀석도, 이미 변질되어 긴가민가한 녀석들도 있다. 나는 바빠졌다. 저들이 다 죽어 나가기 전에 통풍도 시키고, 온도도 조절하고, 필요하면 햇볕도 쏘여야 했다. 게다가, 필요할 때마다 쉽게 불러내어 내 의식에 동참할 수 있도록 자리를 재배치하는 등 이놈들의 상태를 수시로 점검해야 한다고 생각했다. 한 가지 중요한 사실은, 가능한 한 저들이 잠에 곯아떨어지지 않도록 자주 불러내어 일을 시켜야 하고, 또한 창고 안을 너무 빼곡하게 쌓아두어도, 너무 텅 비워도 곤란하다는 것이다. 오늘 아침, 요긴한 「두릅」처럼 기억창고에서 사라지지 않도록 평소에 정리정돈이 잘되어야 한다. 그래야 만이 눈이 온다고 이 마음 설레고, 바람이 분다고 커피가 그리워지며, 꽃들이 핀다고 두근거릴 것이다. 그래야 만이 부끄러움도 알고, 수시로 변하는 상황을 분별할 것이다. 찬바람이 씽씽 부는 내 기억창고 안으로 온기(溫氣)를 불어넣어야겠다. 창고 자체가 무너지지 않도록 단단히 해두는 일도 게을리하지 말아야 한다. 암, 터만 남은 쓸쓸한 유적

지가 되어선 안 되고말고.

-2021. 12. 30.

나의 기억창고

지구가 태양을 중심으로
예순여섯 바퀴를 소리 없이 도는 동안,
내가 배우고 익힌 숱한 개념과 경험들이
쌀자루처럼 차곡차곡 쌓여있는 기억창고

처음으로 그 문을 열고 들어가 보니
너무 오랫동안 밀폐되어 있었던 탓인지
곳곳에서 퀴퀴한 냄새가 나고
이미 빛바랜 기억들이 어지럽게 널브러져 있기도 하고
겹겹이 쌓여 짓눌려 있기도 하다.

저들의 낮은 신음이 귀에 심히 거슬리고
불쌍하다는 생각에서 문을 활짝 열어젖히고
구석구석 신선한 바람과 깨끗한 햇살로
생기 가득 불어넣고 싶어도
마음처럼 쉽지가 않다.
오래된 창고는 낡아서
다 쓰러져가는 빈집처럼 기울어져 있고,

초라하기 짝이 없는데
내가 찾는 그 녀석조차
어디에 박혀 숨어있는지
한참을 찾고 찾아도 그 주변을 맴돌 뿐
정작, 단정하여 끌어내지 못한 채
허탕 치는 일이 빈번해지는 요즈음,
나는 바짝 긴장하곤 한다.

아무리 불을 밝게 비추고
구석구석 뒤져보아도 여전히 냄새는 나고
가까이에서 그의 기척이 감지되는데도
도무지 그놈을 찍어낼 수 없다.
그 이름 떠오르지 않고
그 모습이 또한 선명하지 않아
비슷하나 아닌 것 같고
아닌 것 같지만 맞는 것도 같아
돌고 돌아도 매 그 자리이다.

이래서는 안 되겠다 싶어
그를 묶어둔 끈을 따라 추적하듯

이리저리 왔다 갔다 하면서
마침내 꼭꼭 숨은 그를 찾아내면
회심의 미소를 지으면서
자랑스럽고 대단한 일을 해낸 것처럼
우쭐대기도 하고
기쁘기도 한 자신을 보니
정말 큰일은 큰일이 아닐 수 없다.

내 오래된 기억창고, 가련하다.
대대적인 보수와 재정비가 필요하지만
실행에 옮길 수 없고, 그 길을 찾기도 어려우니.
이를 어쩔꼬.

-2023. 07. 24.

나의 현기증

채송화 씨앗 주머니를 터뜨려 그 속에 들어있는 아주 작은, 검은 씨앗들을 눈여겨보면서 나는 여름밤 하늘의 별들을 떠올리곤 했다. 저 헤아릴 수 없는 별들을 담아내고 있는 우주도 그 밖에서 보면 작은 채송화 씨앗 주머니와 별반 다르지 않으리라.

하나의 별도 때가 되면 장렬하게 폭발하여 사라지고 남겨진 아주 작은 핵 하나가 새롭게 시작하듯이 이 작은 씨앗들 속에도 저마다의 미래가 설계되어있다. 나는 별이 많은 밤하늘을 올려다보며 그 채송화 씨앗들을 떠올리듯이 그 작고 까만 씨앗들을 검지 위에 펼쳐놓고서 밤하늘의 우주를 유영하듯 상상하곤 한다.

그때마다 되살아나는 나의 어릴 적 현기증!
이제는 그런 꿈조차 그립다.

-2021. 05. 26.

이시환 신작시집

세상 한 바퀴 돌아 나오며

초판인쇄 2023년 10월 17일 **초판발행** 2023년 10월 20일

지은이 **이시환**
펴낸이 **이혜숙** 펴낸곳 **신세림출판사**
등록일 **1991년 12월 24일 제2-1298호**

04559 서울특별시 중구 퇴계로49길 14,
충무로엘크루메트로시티2차 1동 720호
전화 **02-2264-1972** 팩스 **02-2264-1973**
E-mail : **shinselim72@hanmail.net**

정가 **20,000원**

ISBN **978-89-5800-268-0, 03810**